AF603572

24 Avril 1893.

V

Tableaux Anciens

PRIMITIFS FLAMANDS & ITALIENS

Me G. DUCHESNE	M. Henri HARO
Commissaire-Priseur	Peintre-Expert
6, rue de Hanovre, 6	14, rue Visconti et rue Bonaparte, 20

1893

CATALOGUE

des

TABLEAUX ANCIENS

PRIMITIFS FLAMANDS & ITALIENS

dont la vente aura lieu

HOTEL DROUOT, Salle N° 6

Le **Lundi 24 Avril 1893,** à deux heures

EXPOSITION PUBLIQUE :

Le **Dimanche 23 Avril 1893,** *de 1 h. 1/2 à 5 h. 1/2*

Me G. DUCHESNE
Commissaire-Priseur
6, rue de Hanovre, 6

M. Henri HARO
Peintre-Expert
14, rue Visconti et rue Bonaparte, 20

1893

Don S. de Ricci

DO5412

CE CATALOGUE SE DISTRIBUE

à Paris, chez

Me G. DUCHESNE	M. Henri HARO
COMMISSAIRE-PRISEUR	PEINTRE-EXPERT
6, rue de Hanovre, 6	14, rue Visconti et rue Bonaparte, 20

Conditions de la vente.

Elle sera faite au comptant.

Les acquéreurs payeront *cinq pour cent* en plus du prix d'adjudication.

TABLEAUX ANCIENS

AMICI (Dominique)

1 — **Vue d'un palais.**

Signé à gauche.
Sépia.

2 — **Pendant du précédent.**

Signé à gauche.
Sépia.

BERGHEM

(Attribué à)

3 — **Le Passage du gué.**

T. — H., 1m,08. L., 1m,22.

BOUCHER

(D'après)

4 — **La Voluptueuse.**

Pastel.

BRAUWER

(Attribué à)

5 — **Scène de cabaret.**

B. — H., 0m,20. L., 0m,17.

BRAUWER

(École de)

6 — **Dispute au cabaret.**

B. — H., 0m,33. L., 0m,41.

CARESME

7 — **Bacchante endormie surprise par des Satyres.**

T. — H., 0m,61. L., 0m,50.

CARPIONI (J.)

8 — **Faunes et Bacchantes célébrant la fête de Silène.**

T. — H., 0^m,84. L., 1^m,00.

CARRACCI (Louis)

(Attribué à)

9 — **Étude de Vierge.**

Sanguine.

COURTOIS (Jacques) *dit* le Bourguignon

10 — **Une Bataille.**

T. — H., 0^m,21. L., 0^m,35.

CRANACH

(Attribué à)

11 — **Ève dans le Paradis terrestre.**

T. — H., 1^m,38. L., 0^m,66.

CUYLENBURG (C. Van)

12 — Nymphes surprises pendant leur sommeil.

B. — H., 0m,26. L., 0m,33.

DAEL (Van)

13 — Fleurs et Fruits.

Signé en bas.

B. — H., 0m,73. L., 0m,57.

DANIEL DE VOLTERRE

(Attribué à)

14 — Le Christ en croix.

B. — H., 0m,60. L., 0m,47.

DEKKER (C.)

15 — La Chaumière.

B. — H., 0m,28. L., 0m,23.

DELAPORTE

16 — **Vase de fleurs.**

Signé sur la table du monogramme.

T. — H., 0m,81. L., 1m,39.

DUPLESSIS

17 — **Militaires en voyage.**

B. — H., 0m,37. L., 0m,45.

FERGIONI

18 — **Paysage avec figures et animaux.**

T. — H., 0m,71. L., 0m,55.

19 — **Pendant du précédent.**

T. — H., 0m,71. L., 0m,55.

FERGUSSON (Guillaume)

20 — Oiseaux morts. Perdrix.

Signé sur la table et daté 1662.

B. — H., 0^m,46. L., 0^m,65.

FLINCK (Govert)

21 — Jeune Garçon tenant une huître.

T. — H., 0^m,56. L., 0^m,46.

GELÉE (Claude) *dit* Le Lorrain

(École de)

22 — Paysage. Les bords du Tibre.

T. — H., 0^m,30. L., 0^m,41.

23 — Marine.

Joli cadre en bois sculpté.

C. — H., 0^m,09. L., 0^m,17.

24 — Marine.

Joli cadre en bois sculpté.

C. — H., 0^m,09. L., 0^m,17.

GIOTTO

(École de)

25 — Le Christ en croix.

Le Christ crucifié est entouré d'anges qui recueillent le sang coulant de ses blessures. Au pied de la croix est saint Jean agenouillé; plus loin, la Vierge soutenue par les saintes femmes; des cavaliers armés de lances complètent cette composition.

Tableau primitif.
Fond d'or.
Forme cintrée du haut.

B. — H., 0m,66. L., 0m,41.

HALS (Dyrck)

26 — Scène de la vie de l'Enfant prodigue.

T. — H., 0m,60. L., 0m,80.

JORDAENS

(Attribué à)

27 — Le Concert.

T. — H., 1m,41. L., 1m,32.

*

LIEVENS

28 — **Portrait d'Homme.**

T. — H., 0^m,46. L., 0^m,38.

LUINI

(École de)

29 — **Le Christ portant sa croix.**

B. — H., 0^m,41. L., 0^m,36.

MARATTI (Charles)

30 — **Portrait d'Homme.**

Il est représenté debout, vêtu d'un riche costume orné de décorations, la main gauche appuyée à la hanche.

T. — H., 0^m,24. L., 0^m,21.

MARIESCHI

31 — **Vue de Venise.**

T. — H., 0^m,33. L., 0^m,51.

MARTIN

32 — Cheval de trait au repos.

Signé à gauche et daté 1789.

B. — H., 0^m,16. L., 0^m,24.

MIEL (Jean)

(Attribué à)

33 — Intérieur de paysans.

T. — H., 0^m,47. L., 0^m,35.

MIERIS (F.)

(Attribué à)

34 — Femme tenant des fleurs.

B. — H., 0^m,24. L., 0^m,19.

35 — Jeune Femme.

B. — H., 0^m,17. L., 0^m,15.

MONNOYER

(Attribué à)

36 — Vase de fleurs.

T. — H., 0^m,71. L., 0^m,30.

MORONI

37 — **Jeune Page tenant une corbeille de fleurs.**

T. — H., 0^m,67. L., 0^m,65.

RECCO (Le Chevalier Joseph)

38 — **Une Cuisine.**

Sur une table on distingue deux poules vivantes, l'une grise et l'autre noire, liées par les pattes. Des œufs sont groupés près d'elles. La poule vient d'en briser un qui s'est répandu tout entier. Autour d'un mortier supportant un plat est posée une tête de veau. Plus loin, de nombreux accessoires.

T. — H., 1^m,20. L., 1^m,64.

RIBERA

(École de)

39 — **La Bouillie.**

T. — H., 0^m,65. L., 0^m,49.

40 — **Intérieur de paysans.**

T. — H., 0^m,65. L., 0^m,49.

RICCI

(Attribué à)

41 — Sujet biblique. Eliézer et Rébecca.

T. — H., 0^m,75. L., 0^m,62.

42 — Sujet biblique. Rachel cachant les idoles dérobées à Laban.

T. — H., 0^m,74. L., 0^m,61.

ROMAIN (Jules)

(École de)

43 — La Toilette de Psyché.

B. — H., 0^m,32. L., 0^m,66.

ROSA (Salvator)

44 — Brigands dans la montagne.

T. — H., 0^m,89. L., 1^m,09.

ROSA (Salvator)

(École de)

45 — **Armée turque en marche passant une rivière.**

B. — H., 0^m,78. L., 1^m,32.

46 — **Paysage. Marine.**

T. — H., 0^m,32. L., 0^m,45.

RUBENS

(École de)

47 — **Lucrèce.**

T. — H., 1^m,85. L., 1^m,20.

48 — **La Madeleine.**

T. — H., 0^m,60. L., 0^m,49.

RUGENDAS

(Attribué à)

49 — **Diane au bain.**

T. — H., 0^m,76. L., 1^m,32.

SCHUTZ

50 — Paysage hollandais.

T. — H., 0^m,26. L., 0^m,34.

SOLIMENA (Le Chevalier François)

51 — La Toilette de Diane.

T. — H., 0^m,37. L., 0^m,29.

SUBLEYRAS

(Attribué à)

52 — Le Miracle de saint Philippe.

T. — H., 0^m,33. L., 0^m,26.

TAUNAY

53 — Sujet allégorique.

T. — H., 0^m,32. L., 0^m,36.

TÉNIERS

(École de)

54 — Le Fumeur.

Beau cadre en bois sculpté.

T. — H., 0^m,56. L., 0^m,45.

55 — Les Paysans.

B. — H., 0^m,23. L., 0^m,28.

TROY (François de)

(Attribué à)

56 — Portrait de Jeanne de Souvré, marquise de Louvois.

T. — H., 0^m,73. L., 0^m,60.

VLIEGER (Simon de)

57 — L'Approche de l'orage. Marine.

Des nuages énormes projettent la plus grande partie du tableau avec une ombre tragique; la tempête commence à agiter les flots. Des navires cherchent à regagner le port.

T. — H., 1^m,03. L., 1^m,65.

VOET (Ferdinand)

58 — **Portrait de François Michel Le Tellier, marquis de Louvois.**

T. — H., 0^m,73. L., 0^m,60.

WEENIX

(D'après)

59 — **Nature morte.**

T. — H., 1^m,05. L., 0^m,83.

WOUTERS (François de)

60 — **Marine. Effet de nuit.**

Signé sur la barque et daté 1780.

B. — H., 0^m,40. L., 0^m,60.

ÉCOLE ALLEMANDE

61 — **Le Christ couronné d'épines.**

Fond de paysage : une ville, voulant indiquer Jérusalem, et le Golgotha. On aperçoit le Christ portant sa croix, et plus haut le Calvaire.

B. — H., 0^m,54. L., 0^m,36.

ÉCOLE ALLEMANDE

62 — **Portrait d'Homme.**

T. — H., 0^m,31. L., 0^m,32.

63 — **Portrait de Dame de qualité.**

T. — H., 0^m,31. L., 0^m,32.

ÉCOLE FLAMANDE

64 — **La Vierge à l'œillet.**

Tableau primitif.

B. — H., 0^m,72. L., 0^m,54.

65 — **Triptyque. La Vierge et l'Enfant.**

Panneau du milieu, H., 0^m,59. L., 0^m,29. — Volets, L., 0^m,14.

66 — **Adam et Ève chassés du Paradis.**

B. — H., 0^m,59. L., 0^m,44.

67 — **Sainte Élisabeth de Hongrie faisant l'aumône.**

T. — H., 0^m,75. L., 0^m,63.

68 — **La Joueuse de mandoline.**

B. — H., 0^m,45. L., 0^m,30.

ÉCOLE FLAMANDE

69 — Portrait d'Homme cuirassé. Époque Louis XIII.

T. — H., 0^m,28. L., 0^m,24.

70 — Choc de cavalerie.

B. — H., 0^m,26. L., 0^m,39.

71 — Intérieur de cellier.

T. — H., 0^m,56. L., 0^m,66.

72 — Marine.

B. — H., 0^m,19. L., 0^m,24.

73 — Marine.

Pendant du précédent.

B. — H., 0^m,19. L., 0^m,24.

74 — L'Adoration des Mages.

C. — H., 0^m,40. L., 0^m,56.

75 — La Vierge allaitant l'Enfant Jésus.

B. — H., 0^m,63. L., 0^m,47.

ÉCOLE FLAMANDE

76 — Sainte Famille.

B. — H., 0^m,53. L., 0^m,76.

77 — Le Repas des moissonneurs.

B. — H., 0^m,52. L., 0^m,76.

ÉCOLE FRANÇAISE

78 — Portrait d'Homme. Époque Louis XIV.

T. — H., 0^m,50. L., 0^m,39.

79 — Fleurs et Fruits sur une table.

T. — H., 0^m,38. L., 0^m,47.

80 — Scène champêtre.

T. — H., 0^m,45. L., 0^m,33.

81 — Dame à sa toilette. Époque Louis XV.

T. — H., 0^m,36. L., 0^m,28.

ÉCOLE HOLLANDAISE

82 — La Cueillette des fleurs.

Au milieu d'un parc, une jeune femme vêtue de rouge, montée sur une échelle, cueille des fleurs qu'elle offre à ses compagnes assises. Vers la gauche, un cavalier arrive avec deux dames.

B. — H., 0^m,73. L., 1^m,03.

83 — L'Hiver. Vue prise en Hollande.

T. — H., 0^m,73. L., 1^m,13.

ÉCOLE ITALIENNE

84 — Triptyque. La Vierge et l'Enfant Jésus.

Dessus d'autel.
Tableau primitif.

Panneau du milieu. — H., 2^m,10. L., 0^m,85.
Volets. — H., 1^m,75. L., 0^m,59.

85 — Sainte Famille.

Tableau primitif.

B. — H., 0^m,68. L., 0^m,46.

86 — La Vierge et l'Enfant Jésus entourés d'anges.

Tableau primitif.

B. — H., 0^m,67. L., 0^m,52.

ÉCOLE ITALIENNE

87 — Sainte Constance.

Tableau primitif fond d'or.

B. — H., 0m,21. L., 0m,14.

88 — Saint François aux stigmates.

Tableau primitif fond d'or.

B. — H., 0m,21. L., 0m,14.

89 — La Basse-Cour.

T. — H., 1m,75. L., 1m,23.

90 — Suzanne surprise.

T. — H., 0m,65. L., 0m,45.

91 — Sainte Famille.

B. — H., 0m,69. L., 0m,55.

92 — Les Malheurs de la guerre.

T. — H., 0m,60. L., 0m,75.

93 — La Revanche des paysans.

T. — H., 0m,60. L., 0m,75.

Ces deux sujets doivent être inspirés des compositions de Callot.

ÉCOLE ITALIENNE

94 — L'Enlèvement d'Europe.

T. — H., 0^m,57. L., 0^m,43.

95 — Diane et Calisto.

T. — H., 0^m,45. L., 0^m,56.

96 — Portrait de Femme.

B. — H., 0^m,47. L., 0^m,42.

97 — Paysage.

T. — H., 0^m,35. L., 0^m,47.

98 — Paysage. Le Pont.

T. — H., 0^m,39. L., 0^m,44.

99 — Sainte Famille.

T. — H., 0^m,29. L., 0^m,23.

100 — Vénus couchée.

T. — H., 0^m,45. L., 0^m,60.

101 — Allégorie sur la presse.

T. — H., 0^m,27. L., 0^m,27.

ÉCOLE ITALIENNE

102 — L'Abondance.

T. — H., 0^m,27. L., 0^m,27.

103 — Diane et Calisto.

T. — H., 0^m,13. L., 0^m,25.

104 — Portrait de Jeune Fille. Costume de la fin du XVIe siècle.

T. — H., 0^m,38. L., 0^m,29.

105 — Sous ce numéro seront vendus les tableaux non catalogués.

12678. — Librairies-Imprimeries réunies, rue Mignon, 2, Paris.

www.ingramcontent.com/pod-product-compliance
Ingram Content Group UK Ltd.
Pitfield, Milton Keynes, MK11 3LW, UK
UKHW021037260726
13994UKWH00005B/2213